Marco Michalzik
Alles wird ein bisschen ~~anders~~

Alles wird ein bisschen ~~anders~~
Marco Michalzik

Erste Auflage 2021

Alle Rechte vorbehalten
Copyright 2021 by

Lektora GmbH
Schildern 17–19
33098 Paderborn
Tel.: 05251 6886809
Fax: 05251 6886815
www.lektora.de

Druck: MCP, Marki
Covermotiv: Manuel Steinhoff (www.chunkymonkeydesign.de)
Covermontage: Manuel Steinhoff (www.chunkymonkeydesign.de)
Lektorat: Lektora GmbH, Denise Bretz
Layout Inhalt: Lektora GmbH, Denise Bretz
Printed in Poland

ISBN: 978-3-95461-172-0

Inhalt

ALLES WIRD EIN BISSCHEN ~~ANDERS~~ 7

KRACH
CHAOS THEORIE 13
DON'T TRY 15
KILL YOUR DARLINGS 17
ANGST VOR GLÜCK 19
OPA 21
- 23
KILLER 25
KIRCHENKARIKATUR 27
IN DEINEN HÄNDEN 35
ALL CAPS 37
ACH, EUROPA 39
TRAUMBILDFLACKERN 41

NACHT
SEMIKOLON 47
2 MINUS 1 50
DAS HAUS BEI DEN BLUTBUCHEN 55
DAMN GOOD COFFEE 59
INSOMNIA 63

NACKT
NACKT 73
ARCHITEKTEN 79
BEAT 80
PERMAFROST 83
KERN 89
DEIN GESICHT 90
FÜR EVA K. 95
LASS MA 99
DER ANFANG IM ENDE 103

ALLES WIRD EIN BISSCHEN ~~ANDERS~~

Dieses Buch ist da
und vermutlich ist das der einzige wahre Satz
im gesamten Manuskript.
Dieses Buch ist gelb,
weil dem Autor Bücher mit gelben Covern gerade
gefallen.
Dieses Buch kommt ohne Autotune aus –
lektoriert wurde es glücklicherweise trotzdem.
Dieses Buch enthält weder fünf
noch sieben Punkte
zur Selbstoptimierung
und leider auch keinen einzigen Dinosaurier.
Zur Warnung sei gesagt:
Ein Teil dieses Buches ist nackt.
Dieses Buch ist naiv,
es handelt von Hoffnung
oder zumindest der Frage,
was wir hoffen wollen.
Dieses Buch glaubt nicht an Happy Ends
oder Deus ex machina.

Dieses Buch sagt »Gott«
in Ermangelung eines besseren Begriffs,
um die Leerstelle zu füllen.
Dieses Buch ist nicht christlich,
weil Bücher nicht bekehrbar sind und dem Autor
konfessionslose Bücher besser gefallen.
Dieses Buch ist nicht nicht-christlich,
im Sinne, dass es Dekonstruktion dokumentiert.
Dafür kommt aber auch ziemlich oft Kaffee vor.
~~Für Tee hat hingegen der Platz nicht gereicht~~.
Dieses Buch enthält keine Spoiler
zu zurzeit angesagten Serien.
Dieses Buch wird vermutlich nicht verfilmt.
Dieses Buch weigert sich, anzunehmen,
Kunst und besonders Gedichte dürften nicht politisch sein.
Dieses Buch ist prätentiös, pathetisch und zuweilen kitschig.
Dieses Buch hält sich für clever,
weil es vorwegnimmt, was Kritiker sagen könnten,
und glaubt, ihnen damit den Wind aus den Segeln
nehmen zu können.
Dieses Buch hält sich für super clever,
weil es vorwegnimmt, dass es vorwegnimmt,
was Kritiker sagen könnten,
und glaubt, ihnen damit den Wind aus den Segeln
nehmen zu können.
Dieses Buch ist ein kleines bisschen ängstlich.
Dieses Buch verwehrt sich dagegen,
vermenschlicht zu werden.
In diesem Buch kommen zwischenmenschliche
Verletzungen in verschiedenen Formen vor –
Tiere sind für dieses Buch hingegen
nicht zu Schaden gekommen.

Dieses Buch ist nicht autobiografisch.
Ähnlichkeiten zu realen, lebenden oder verstorbenen
Personen sind rein zufällig
möglich.
Dieses Buch versteht die Worte
»Authentizität« und »Heimat«
nicht – trotzdem kommen sie zumindest einmal vor.
Dieses Buch ist gerne Klolektüre,
weil es ohnehin viel um Scheiße geht und
eine intimere Beziehung zu den Lesenden
kaum wünschbar wäre.
Dieses Buch nimmt sich wichtiger, als es sollte.
Dieses Buch ist alles,
~~oder zumindest der Versuch~~,
was das lyrische Ich momentan beizutragen im Stande ist.
Dieses Buch will nichts ~~mehr~~.
~~Gelesen werden wäre schon schön.~~
Dieses Buch heißt
Alles wird ein bisschen ~~anders~~,
aber es wird nicht einfach.
Alles gut.

KRACH

»Damn sure innit, everyting vivid
I got one life and I might just live it«

(Little Simz – one life, might live)

CHAOS THEORIE

Ich bin einfach explodiert
und du irritiert und verwirrt
vom Knall und der Druckwelle
zurückgewichen.
Irgendsoein belangloses Teil meines Interieurs
hat dich am Kopf gestreift
und dich seltsam symmetrisch, viereckig verletzt.
Ich bin einfach explodiert,
um zu sehen, ob du mich lodern siehst
und den Krach hörst,
davon wach wirst
und verstört
wahrnimmst,
dass ich da bin.
Fragmentartig auseinandergesplittert
wie ein kitschiger Mosaikeffekt,
bis Innen nach außen gestülpt sichtbar liegt.
Hoffe heimlich,
dass es niemanden genug interessiert,
um in den Scherben zu wühlen.
Bruchkanten
mit Verlustangst und Fluchtgedanken,
aus dem Kontext gerissen
wie Zitate auf Spruchkarten.

Ohne Anziehung
fallen wir nackt auseinander
und in uns selbst zusammen.
Du hast mir klare Konturen gegeben
und die Mitte mit Dämonenfarbe koloriert.
Downgelockt
in meiner Kopfkarussell-Behausung,
hab ich behauptet, das zu brauchen.
Aber manchmal klemmt dann die Tür von innen
und du kommst nicht mehr vorbei zum Klingeln.
Zu oft,
zu viel
verletzt, verlassen
und kaputt
gegangen,
um ganz neu
anzufangen.
Inszeniere mich seither als Remix,
kleb mich so lange zusammen,
bis mir die Form gefällt.

Bis zum nächsten Mal.

DON'T TRY

Es ist knallheiß.
Ein Gedanke löst sich träge aus der Peripherie des
Erlaubten.
Ich lese Bukowski
und Allen Ginsberg und William Burroughs
auf meinem Balkonstuhl –
Studie in schamlosem Schreiben,
weil sie in mir festhängt.
Auf meine Innenseite tätowierte Stoppschilder
seit ich mit Existieren begonnen habe.
Ich will über Sex schreiben
und Penisse und Vulven
und Körperflüssigkeiten
und Ekel und Lust
und Verlangen
und Dreck
und Traurigkeit
und die Angst vorm Sterben,
die ich irgendwie nicht so recht habe
– bis jetzt –,
und über Pornos und Selbstbefriedigung
und Selbstzweifel und Menschenfurcht
und Menschlichkeit und wie kaputt
manchmal sogar gesunde Beziehungen sind.

Und über Lügen und Wut
und Heuchelei und Veränderung
und zusammenraufen
und zusammenreißen
und Vergebung
und über Angst
und nicht aus Angst
oder mit ihr im Nacken.
Es ist einfacher,
ein ganzes Buch über Gott zu schreiben
als einen ehrlichen Satz über mich selbst.
Kaputtes und kränkliches Konzept von Demut,
das mir jeden Stolz auf mich im Keim zertritt,
verkleidet
als deprimierend endgültig in Stein gemeißelte Scheiße.

Aber selbst Denkmäler fallen, wenn die Zeit reif ist.

KILL YOUR DARLINGS

Vermutlich wirst du umgebracht werden müssen.
Vorsichtig zwar,
mit dem Seziermesser an deinen Rändern,
letztendlich aber dennoch
und ich werde es bedauern
und dir nachtrauern
und dich vielleicht noch nicht
mit Steinen in den Kleidern
in den Fluss werfen.
Eher aufbewahren
und hoffen,
dich eines schöneren Tages wiederbeleben zu können.
Du bist zu viel geworden und hast dich verspielt.
Sirenenartig mit deiner Schönheit vom Ziel abgelenkt.
Den widerwilligen Abzug mit zugekniffenen Augen
und angehaltenem Atem durchgedrückt,
unsicher,
ob gerade das Richtige getan ist oder Reue folgt.
Das Schlimmste ist nicht das Alleinsein.
Das Schlimmste ist, das Alleinsein
für das Schlimmste zu halten.
Nach der Tat werde ich
in meinem schrumpfenden Zimmer sitzen
und mich in Ruhe furchtbar fühlen.

Das erwartete Hochgefühl wird ausbleiben,
ich werde zusammenzucken,
bei jeder zwischenmenschlichen Begegnung
das Gefühl verdächtigt zu werden,
als stünde mir die Tat mit Laufschrift auf die Stirn getackert.
Du sollst nicht töten und so
und ich sofort alles gestehen
(also sofort in meinem Sinne
von gleich oder später oder übermorgen).
Fertig ist,
wenn nichts mehr weggenommen werden kann,
aber fort bist du trotzdem.
Hinterlässt einen weißen Fleck
wie ein trauriger Geist,
erscheinst nachts
und sagst nichts,
starrst nur vorwurfsvoll in meine Richtung
und grinst wissend, zumindest ein bisschen.

Das Schlimmste ist nicht das Alleinsein.
Das Schlimmste ist, das Alleinsein
für das Schlimmste gehalten zu haben.

ANGST VOR GLÜCK

Sie hat Angst vor Glück,
fürchtet sich vor Freude.
Bittet um Bedenkzeit, wenn sie nicht durchblickt,
was die »Begeisterung« bedeutet.
Kontrollierte Brandrodung veranlasst,
da verbrannte Erde ihr seltsam bekannt vorkommt.
In Sicherheit, in Ironie,
wenn sie sowas wie Liebe sieht,
inszeniert ihr Dagegensein
bei jeder Gelegenheit
und zerkratzt ihren Lack, bis er auch Makel hat.
Eine Suchende,
die sich nicht mehr übers Finden freut,
und hat um sich kreisend
ein Zentrum gezeichnet.

Sie tanzt nackt zu Krach,
selbst in sakralen Sälen,
verteilt Jazz hands zur Begrüßung,
trotz drei tätowierter Tränen.
Stolz, sich nicht zu schämen,
und schämt sich ihrer Scham,
vom Vorhandensein derselben
in ihrer Version früherer Tage.

Da sind selten Punkte,
dafür Raum für und und aber.
Sie ist groß, auf achtzig Arten
Atem stehlend, nichts zu sagen.

Sie hat Angst, von sich zu reden,
und verliert sich im Betrachten,
applaudiert sich auf Distanz,
um heimlich zu verachten,
verkauft Angst als Relevanz,
um sich besser zu verkraften.
Wenn es zu sacht wird,
macht sie alles kaputt,
lieber auf Schutt und Asche
Neues erschaffen,
als in Friedens-Tristesse sinnlos versacken.
Blubbernde Bluetooth-Boxen-Playlist
untermalt parallel flackernd
die stummgeschalteten Egal-Bilder,
damit die schöne Ruhe allein nicht so leer ist.
Selten ist und steht sie ganz still
und weiß meistens nicht,
dass sie vielleicht nicht so recht weiß,
was sie hoffen will.

OPA

Der Nachname ist geflohen
aus einem Land, das es nicht mehr gibt.
»Jetzt noch nicht«,
hatte es geheißen
und: »Jetzt ganz schnell!«
urplötzlich dann doch.
Und einer ging verloren
und der Weg war gefrorenes Wasser und Angst.
Du hast mir nie davon erzählt
und ich habe immer vergessen, zu fragen,
bis es nicht mehr ging.
Als Kind hättest du mir genauso gut erzählen können,
du seist vom Mond gekommen.
Darunter hätte ich mir
mehr vorstellen können
als unter diesem sich still schämenden
Nicht-Ort
Ostpreußen.
Und krass anders ist es immer noch nicht.

Da ist dieser Nachname mit dem Tippfehler,
der mir manchmal Mühe macht.

Ein Buchstabe zu viel,
vielleicht weil von vielem anderen zu wenig war,
und es ist ein bisschen schwierig
oder auch mehr als ein bisschen,
mit der alten Schuld und Scham,
die an der Geschichte festkrusten
wie Muscheln an einem Schiffsrumpf,
die jetzt da sind,
ohne Nachfrage,
woher die gekommen sind.
Es bleibt kompliziert.
Ich find zu Hause bleiben schön,
aber kann Heimat nicht verstehen.

—

Vor Tagesanbruch aufstehen
an irgendeinem Tag,
wegen Wichtigem dann rausgehen
an irgendeinem Tag.
Checkboxen mit Häkchen füllen
an irgendeinem Tag.
Fairer Kaffee ölt die Rädchen
an irgendeinem Tag.
Später vielleicht saufen,
an irgendeinem Abend,
oder Netflix und nur couchen,
vielleicht bist du ja da.

Ich find schön, was du da anhast,
an irgendeinem Tag,
würd dich küssen, ohne Anlass,
an irgendeinem Tag.
Muss von mir aus auch nicht jetzt sein,
sag irgendeinen Tag!
Dann schleichen wir verletzt heim
am Ende des Tages.

Ein Fußballspiel läuft hochgehypt
an irgendeinem Tag.
Gibt Anlass für perfekten Streit
am vielleicht übernächsten Tag
boostet sich das nächste Ding
am übernächsten Tag
schreibt einer über anderes
und alle hams gelikt.
Virale Helden sterben an
Bedeutungslosigkeit.

Es wär fast egal, zu gehen,
an irgendeinem Tag.
Weil schon feststeht, dass wir müssen,
an irgendeinem Tag.
Und sie meißeln 16 Zahlen
in irgendeinen Stein,
einen Ministrich dazwischen,
der die Tage meint und Zeit.

KILLER

Trauriges Blattwerk auf Sichthöhe des Balkonstuhls.
Morbides Braun schielt bekümmert
auf herumlebendes Grün,
das sich stoisch schlafend stellt
oder verschämt dem Blickkontakt ausweicht
wie windlose Gegenwartskunde.

Und wenn sowas wie Empathie vorhanden ist,
äußert sie sich ausgesprochen unsichtbar
(kein zaghafter Ast, der wenigstens
wie zufällig rüberstreicht,
so dass zum Zeitvertreib nicht mal die Frage bleibt,
ob es Absicht oder Wind war).

Dem Pale Bluescreen dahinter
fällt nicht viel ein, außer blau zu sein.

Und einer stirbt vor sich hin,
aber mehr passiert nicht.

Der Nachbarsbalkon präsentiert die Outfit-Playlist der
vergangenen Woche,
die nicht flattern will.

Ein Schluckmonster rollt heran
und verschlingt die sorgfältig sortierten Reste vom
Überfluss.

Eine Bewohnerin von unten
nimmt wieder widerwillig ein Paket für die Nachbarn
entgegen
und gießt danach gelangweilt Geranien

und gegenüber: alles austauschbar ähnlich.

Und einer stirbt vor sich hin,
aber mehr passiert nicht.

KIRCHENKARIKATUR

Eine Orient-Expedition.
Die kühnen Entdecker haben ein Wesen gefangen,
katalogisiert
und studiert
und klassifiziert
und benannt
und schließlich
gemeint, verstanden zu haben.

Und so war Gott ins Netz gegangen,

versperrt
und eingesperrt
und gezähmt
und kaputt
und verbogen
und ganz verrückt
gemacht.

Zum Zootier gezüchtet.

Anschaubar,
Eintritt gegen Entgelt,
Spaß für die ganze Familie
und mit dem fröhlichen Eindruck weggeschlendert,
das »Wildlife« vor der eigenen Haustür erlebt zu haben.

Und selbst die, denen diese ganze Käfigversion
schäbig vorkommt,
sind doch insgeheim froh, dass da Stäbe sind
und Gräben.

»The world is holy! The soul is holy! The skin is holy! The nose is holy! The tongue and cock and hand and asshole holy! Everything is holy! everybody's holy! everywhere is holy! everyday is in eternity! Everyman's an angel! The bum's as holy as the seraphim! the madman is holy as you my soul are holy! The typewriter is holy the poem is holy the voice is holy the hearers are holy the ecstasy is holy!«

(Allen Ginsberg – Footnote zu Howl)

HOLY SHIT!
(Fußnote zur Fußnote)

Mir graut vor deinem Weiß
den Sammelalbenseiten
auf die du mich klebst

Die eigenen vier Wände
und die Decke überm Kopf
alle grauenhaft

Gestrichen in nichtsagender Nichtfarbe
in Abwesenheit von Schattierungen
Moby Dick Monsterstyle

So lange wie möglich die Luft anhalten
ohne an weiße Wale zu denken
oder die Wandfarbe

mit der du nix falsch machst
weil sie so zeit- und trendresilient sei
wie du sagst

Bereitwillig kopfüber ineinander
gestürzt, als du bemerktest, wie sehr
sich unsere Abgründe ähneln

Hast Du damit die Farbe gemeint
oder Bewohner, die dazwischen
zu leben versuchen?

Mit Rhododendron-Augen
umschleichst du mich hyänisch
lauernd, lachend

Mir graut vor deinem Weiß
Träume von Giraffen als Gespenster verkleidet
und trau deinem Licht nicht

Lass uns an Regalwänden wackeln
bis uns dicke Dogmen auf die Schädel krachen
beim Herabstürzen

uns Löcher schlagen
bis uns unsere dämlichen Dualismen wie Quallenfäden
herausqualmen

Wer verbindet die hässlichen Hämatome
die heilig sind – im Sinne heiliger Scheiße?
Entweder alles oder nichts

Nicht bloß unverdächtige Komponenten –
alle Körperteile und Körperöffnungen
und schlecht verheilte Narbenverläufe

Trage den Parkwegmatschrest in den Rillen
sauberer Sneakers mit Absicht nach drinnen
weil ich zu wenig weine

Wen wundert das infantile Spiel mit der eigenen Scheiße?
Nach jahrelangem, blitzeblanken Gebrainstorme
folgt die anale Phase in Versform

Ich werde das Schrumpfen einstellen
nicht mehr nur »wollen« sagen
und zumindest lauter flüstern

Werde Schneisen in verseuchte Versfugen schreiben
»Geht so nicht« und »War immer schon so«
ist nicht Grund genug! Holy Shit!

ICH GLAUB NICHT MEHR AN GOTT
Ein Unglaubensbekenntnis

Ich glaub nicht mehr an Gott
als ein Rabenvater mit speziellen Lieblingskindern,
Schutzpatron des Wohlstands,
besungen und vereinnahmt von uns Privilegierten.

Ich glaub nicht mehr an Gott
ohne Leerstellen und verdammt viele Fragezeichen,
Geheimnis im Vielleicht,
das mich mehr tröstet als satt proklamierte Sicherheit.

Ich glaub nicht mehr an Gott
als Briefkastenentleerer meiner Wunschzettelfabrik.
Solang ich Hände falt,
mach ich sie mir in den Schoß gelegt
auch nicht mehr schmutzig.

Ich glaub nicht mehr an Gott
in Kategorien von komplexen Regelsystemen,
der nicht will, dass ich muss,
bricht sich für mich herab in dem Satz: Gott ist Liebe

 – und selbst da bleibt genug zum Nichtverstehen
stehen.

Ich glaub nicht mehr an Gott
als ein Wesen mit ausschließlich männlichen Artikeln
und solcher Attribute,
die gute Bilder ausschließen und Empathie ersticken.

Ich glaub nicht mehr an Gott
als thronend, hoch oben irgendwo schwebende Person,
ganz getrennt betrachtet
von meinen Nächsten – Ebenbilderkreaturen.

Ich glaub nicht mehr an Gott
als Mittel zum Zweck für meinen gut gepflegten
Hochmut.
Das Zarte ist kein Wettkampf
für besser, mehr und höher und wer sich dabei
hervortut.

Ich glaub nicht mehr an Gott
als Angstmacherin hinter schwarz-weiß gemalten Linien.
Mein Zweifel ändert mich
und sollt er Gott verändern, ist sie's wohl nie gewesen.

IN DEINEN HÄNDEN

In deinen Händen
liegen Welten,
die du formst,
indem du sprichst.
Hoffnung, dass
aus den erwähnten
nichts vertropft,
versehentlich.

Als das Licht ankam,
folgte der Schatten
auf dem Fuß.
Und du sagtest,
das sei gut.

Absurd.

Aber liegt nicht in jedem von mir erdachten Romanschurken
auch ein Schattenstück meines eigenen Abgrunds?
Sagt das was über dich?
Oder nur über uns?
Und vielleicht haben deshalb alle ständig Angst
vor diesem Zorn.

Denn wird die hohle Hand zur Faust,
wär der Kreis darin verloren.

Wenn alles sich ändert,
fällt nichts sehr ins Gewicht.
Verändere ich mich?
Oder die Sicht sich?
Oder die Sicht mich?
Letztendlich
ist nichts
letztendlich
außer
Erkenntnis,
die trotzdem begrenzt ist.
Letztendlich
ist nichts
unendlich.

Nur du.

Und oft tröstet das.
Und manchmal macht es mich ängstlich.

ALL CAPS

Driften auseinander
in mehrere Meere.
Hinterlassen gelangweilt tektonische Leerstellen,
Ozeanische Lücken klaffen
und Kontinent große Krater
zwischen unseren variablen Wahrheiten.

Ich weiß, ich will wollen,
nur das »Wie« gelingt mir nie.
Denk über dich nach,
nur noch in Großbuchstaben,
dahinter mindestens 11 Ausrufezeichen.

Leg mir meinen Protest
in derselben kontaminierten Sprache
so gemütlich zurecht.
Meine beste Absicht bleibt in deinen Augen schlecht.

DIE GLUCKSEND GRINSENDE GRIMASSE
SCHLÜRFT GENÜSSLICH SEINEN EWIG GESTRIG
ABGESTANDEN, BRÄUNLICHEN EINTOPF AUS
GEBLÜMT, GOLDUMRANDETEM HEILE-WELT-PORZELLAN.

AD ACTA GELEGT GEGLAUBTE,
HERAUSGEKRAMTE ,
SCHÄBIGE SCHABLONEN .
GUTES GEWISSEN GEKAUFT,
EIN STRAUSS BÖSER BLUMEN.
AM ENDE LÄSST SICH LEICHTER BEHAUPTEN,
DASS WIR WEDER WUSSTEN NOCH WOLLTEN!!!!!!!!!!!11

Wann ist Hufeisenschmeißen zu tragbarer Mode
geworden?

Wie
wehren
wir
wirkungsvoll
den widerlichen Wiederholungen?

ACH, EUROPA

Du bist Spiegelbild-high,
kannst dich gerade noch zurückhalten,
hineinzukriechen wie Narziss
oder zumindest
vor dem Spiegel
zu deinem eigenen Bild zu masturbieren.

High von deiner Geschichte.
High von deinem Wohlstand.
High von deiner Sicherheit.
High von deinem gephotoshoppten
Facefilter-gelifteten Selfie.
High von deiner Arroganz
und deinem Nobelpreis,
der milde lächelnd müde
auf deine Niceigkeit verweist.

Ein bisschen schämst du dich,
klar (aber nicht sehr),
für einige blinde Flecke,
die du lieber vergessen,
als aufarbeiten
würdest.

Ein Abend,
an dem ich dich auffressen und zerkauen möchte,
nur um dich wieder auszukotzen,
aber ich tu's nicht,
weil dich kaputtzumachen,
vermutlich auch ne beschissene Idee ist,
und außerdem würde es brennen
und widerlich schmecken.

Und da stehst du
und verstehst mich nicht,
mit hängenden Händen.
»Immerhin schickt doch jetzt die Kirche ein Schiff«,
sagst du.

TRAUMBILDFLACKERN

Irgendwas detoniert.
Irgendwoanders.
Wie weit ist das von hier?

Irgendwer tot und wieder Leichen im Meer,
per Push informiert,
ganz kurz schockiert,
Hashtag kreiert.

»Clever, guck mal, den hab ich komponiert!«
Kurz kommentiert,
beschämt insgeheim,
gefreut irgendwie,
dass mein Betroffenheits-Post
neue Follower für mich generiert.
Bis mein Eifer einfach den Elan gelangweilt verliert.

Und egal, was passiert,
alles echt kein Vergleich
zu der Katastrophe,
wenn hier kurz mal das WLAN krepiert.
Es wird mir einfach
zu viel.

Ich kann das Leid nicht mehr sehen.
Schalte den Fernseher dunkel,
in Gedanken versunken,
klappe den Laptop nach unten.

Von den Bildern wegzuzappen
und sich auf Schönes zu fokussieren,
funktioniert
dank des hübschen Privilegs.

Ist das so kompliziert?
So schwer zu kapieren?
Wegsehen kann nur,
wen es selbst nicht tangiert.

Schwer zu kapieren.
Wegsehen kann nur,
wen es selbst nicht tangiert.

Nichts zu sagen,
sagt verdammt viel,
und nichts zu tun,
ist nicht neutral,
sondern nutzt irgendwem
am Ende
immer.

NACHT

»We are like the dreamer who dreams, then lives inside the dream. But who is the dreamer?«

(Twin Peaks S3, E14)

Du hast mich gefragt,
ob mich jemals irgendetwas sprachlos macht
und was mich wachhält in der Nacht ...

SEMIKOLON

Ein Drahtseilakt
Seiltänzeralbtraum
Im Irgendwo-dazwischen-Raum
Von Tanzen und Taumeln
Zweifeln und Staunen
Wissen und Glauben
Vage Versatzstücke
Als Wahrheit verkaufen

Zwei Seiten
Die sich treffen
Und auf mir als ihrem Schlachtfeld streiten
Nicht sichtbar ist auch nicht wahr
Trotz kindlicher Kommunikation
Mit etwas, das so viel größer als ich war

Schachmatt gesetzt
Durch Horden verlegener Fragezeichen
Am Ende des Tages reichen
Die Buchstaben des Alphabets
Selbst in Summe nicht aus für ein Gebet
Das ich begeistert zu sagen bereit bin

Aber sind Fragezeichen nicht genau das?
Zeichen
Symbole
Hinweisschilder auf Wegen
Denen hin und wieder
Zweifelnde Pilger begegnen?
Denkmäler des begrenzten Denkens?

Ich hab genügend
Ungenügende Versuche unternommen
(Und auch das ist nur einer davon)
Wundervolles zu verbalisieren
Das sich aus meinen Zeilen stiehlt
Jedes Mal, wenn ich's probiere

Künstliche Kopien romantischer Schwärmerei
Blasse Porträts
Dessen, was ich eigentlich mein
Platt pathetische Poesie
Jedes Wort ist eines zu viel
Vielleicht steht Schweigen uns besser
Als Theologie

Vermutlich ist das sowieso nie der Punkt gewesen
Nicht mal das Fragezeichen
Weder Punkt noch Komma
Irgendwas dazwischen
Ein Semikolon imitierend
Tanz ich taumelnd weiter
Inmitten
Von Glauben, Zweifeln und Wissen

Lass mein Nicht-Kapieren
Eskalieren
Bis es mich frisst
Und mein Dich-Verlieren
Zelebrieren
Bis du nur noch bist

2 MINUS 1

Er ist eins
Und sie ist eins
Und keiner von beiden ist zwei

Sie fällt auf
Er ihr auch – Nummerntausch
Mit flatternden Flügeln im Bauch
Bis nach Haus

Er erzählt
Und sie lauscht
Anekdoten getauscht
Zugegebenermaßen
Ein klein wenig aufgebauscht

Und sie spricht
Und er lacht
Bis zum Ende der Nacht
Nichts weiter gemacht
Außer Ziffernblattzeiger
Zum Stillstand gebracht

Und sie küsst
Und er-widert
Auf Repeat wie die Lieder
Des fiktiven Soundtracks im Kopf

Und Hände auf Reisen
Entkleiden die beiden
Und reißen beiseite
Was trennend den Zugang verwehrt

Und sie zittert
Er bebt
Erleichtert erlebt
Wie in
Gemeinsamer Zweisamkeit
Einheit
Entsteht

Und er kommt
Und sie geht
Parallelwelt entsteht
Zusammengezogen und
Auseinandergelebt

Und sie schreibt
Und er reist
Und er teilt
Seine seltene Zeit
Immer öfter anderweitig ein

Und sie zieht
Und er flieht
Und umzäunt sein Gebiet
Da er seine sicheren Sphären
Bedroht von ihr sieht

Und sie glaubt
Überhaupt
Unterbewusst
Längst nicht mehr den Stuss
Den er ihr als Wahrheit verkauft

Und er denkt
Die Wahrheit ist, dass ich lüge
Und sie denkt
Dann gib dir wenigstens Mühe

Und er plant
Und sie ahnt
Unter Krempel und Kram
Liegt unsichtbar irgendwo
Das Glück wie begraben

Und sie kämpft
Und er bremst
Konsequent
Auf dem Bügel im Schrank
Hängt mit hängenden Schultern
Das letzte vergessene Hemd

Und sie gibt
Und er nimmt
Bis das Gleichgewicht hinkt
Was je nachdem, wen du fragst
Wohl auch umgekehrt stimmt
Und sie die Fotos verhört
Wo die vergangenen beiden wohl sind?

Und er schreit
Und sie schweigt
Und er weint
Weil sie weiß
Dass »Vielleicht«
Vermutlich am Ende nicht reicht
Und sie sagt
Dass sie träumt
Und er freundet
Sich an
Mit Gedanken
Die zu verscheuchen
Er sich nur halbherzig
Noch Mühe macht

Und sie wackelt am Boot
Er meint: Strengstens verboten!
Und auf die Frage, wieso
Sagt er nur, so sei das nun mal

Sie keine bessere Hälfte von irgendwas
Und er selbst schon ganz
Vielleicht verringert das, zu verstehen
Ein wenig
Die Diskrepanz der Distanz

Und sie liebt
Und er liebt
Vielleicht viel zu viel
Und sie übersehen zusehends
Was direkt vor ihnen steht

Und er geht
Und sie geht
Er zu weit
Sie zurecht

Sie gibt auf
Und er auch
Im Verlauf einer Gleichung
Geht die Rechnung nicht auf

Er ist eins
Und sie auch
Sie so subtrahierend
Nimmt die Zeit ihren Lauf

Sie ist eins
Und er auch
Am Ende sieht die Gleichung
Verdächtig nach Bruchrechnung
Aus

DAS HAUS BEI DEN BLUTBUCHEN

Sag, warst du dabei, als diese Welt entstand
Durch irgendwelche Kräfte
Oder eine Künstlerhand?
Hast du dich nicht entschieden, anzunehmen
Es müsse ein höheres, unsichtbares Wesen geben
Das vor allem, das wir kennen, war
Und jeglicher Form von Existenz Leben,
Sinn und Ordnung gab
Und seit jenem Tag ist für dich klar:
Was du glaubst, ist wahr

Und dann gibt es den
Der glaubt genauso an ein Wesen
Ursprung allen Lebens
Nur stimmt sein Wesen nicht im Detail
Mit deinem Wesen überein

Und anstatt einander zu bereichern
Den Horizont zu erweitern
Teilen wir nicht unsere Weisheit
Sondern teilen vielmehr ein –
In schwarz und weiß
In Freund und Feind

In wir und die
In drinnen und draußen
In die, die richtig, sprich: wie ich, glauben

Und ungläubig
In Weiß oder Bunthäutig
Dumme Dogmatik durchdenken
Macht mit nem Funken Vernunft deutlich
Dass das so nicht geht
Und steht
Dein Glaube dir im Weg
Menschen zu lieben
Vor allem dann, wenn sie komplett verschieden
Denken, sind, handeln, leben oder lieben
Als du
Scheint mir das wohl
Kein Weg, der zu gehen sich lohnt

Da ist ein Park mit Bäumen in der Nähe
Wo ich wohne
Verwurzelte Verwandte
Wachsen auf demselben Boden
Da ist ein Park mit Bäumen in der Nähe
Wo ich wohne
Warum tragen manche grüne Blätter
Und einige nur rote?

Aber was weiß ich schon?
Ist es nicht vermessen, zu denken
Dass ich alles genau weiß
Wenn doch das Einzige
Das ich halbwegs genau weiß, ist
Dass ich fast nichts genau weiß?
Versteck mich gerne
Hinter meinen vielen Vielleichts

Und wie könnt ich meinen
Das, was ich glaube, zu denken
Müsste für jeden hier der Standard sein?

Und wenn Gott Liebe ist, wie es heißt
Dann, weißt du was? Das reicht
– für mich!

Ein Mensch ist ein Mensch ist ein Mensch!
Überall und immer!
Ebenbilder des Schöpfers
Porträts aus seinem Wohnzimmer
Lehrt das nicht Liebe
Fördert und fordert das nicht Verbundenheit
Hindert das nicht Hass
Wenn du die Reflektion des Höchsten
Im Gesicht des anderen gesehen hast?

Bedingt das Wissen um das eigene Nichtwissen
Nicht automatisch den Gedanken
Gnädig sein zu müssen?
Empfangene Gnade von denen
Die Gefangene waren
Generiert die Grundlage, einander zu lieben
Ohne dass wir dazu einen Grund haben
Bis wir begreifen
Dass wir dazu allen Grund haben

Da ist ein Park mit Bäumen in der Nähe
Wo ich wohne
Verwurzelte Verwandte
Wachsen auf demselben Boden

Da ist ein Park mit Bäumen in der Nähe
Wo ich wohne
Die meisten treiben grüne Blätter
Doch einige nur rote
Da ist ein Park mit Bäumen in der Nähe
Wo ich wohne
Verwurzelte Verwandte
Wachsen auf demselben Boden
Da ist ein Park mit Bäumen in der Nähe
Wo ich wohne
Warum tragen manche grüne Blätter
Und einige nur rote?

DAMN GOOD COFFEE

Und dann steh ich vor dir
Und bekomme wieder kein richtiges Wort heraus
Da ist etwas in mir
Das dich meist nicht versteht
Aber dir irgendwie trotzdem glaubt

Such für dich nach mächtigen Metaphern
Und werde Zeuge, wie sie alle nicht passen
Nach Kitsch klingen, obwohl sie mitsingen
Und dann abgegriffen verblassen

Und wenn selbst die Poesie versagt
Präzise auf den Punkt zu bringen
Was es mir bedeutet, wenn du sagst
Wie sehr du mich magst
Scheint stilles Staunen
Die angemessenste Ausdrucksform für dich
Wenn selbst mein Zweifel
Seine nervigen Fragen vergisst

Einen Gott, den es gibt, gibt es nicht

Aber was soll ich dir denn heute sagen?
Wir ließen die Kinder ertrinken
Aber retteten die Kathedralen?
Verschluck mich häufig heftig
An den Kanten meines eigenen Amen

Bekomm die Worte nicht aus mir
Und erst recht nicht zum Himmel rauf
Meine Kommunikation beschränkt sich mitunter
Auf inbrünstig ausgeatmeten Kippenrauch
Und ich stell mir gern vor
Dass du darin findest
Was ich versuch, zu formulieren

Und doch bin ich ganz an dich geklammert
Da ist so viel Trost im Trotzdem
Und dass du mich in deiner Hand hast

Bis mein Verstand eine Grenze schafft
Und meint, es sei albern, zu denken
Dass du überhaupt Hände hast

Manchmal ist mein Glaube nicht mehr
Als eine leere Hand
Die sich trotzig schließt
Um den Satz: Du bist Liebe

Einen Gott, den es gibt, gibt es nicht

Vielleicht bist du ja wie Kaffee
Wo durch das, was du über mich gießt
Gebrochenes und Zermahlenes
Plötzlich wundervoll transformiert duftet
Und Hoffnungsnoten-Nachgeschmacksnuancen
Hinterlässt

Und ich bekomme deine Kaffeeflecken
Nicht mehr richtig heraus
Aus der Struktur meines über die Jahre
Eingelaufenen Glaubens
Abstinente Gedankenexperimente faseln
Noch nüchtern verklärt von vergangenem Rausch
Die Reste der dunkel getrockneten Tropfen
Fallen auf schwarzem
Stoff ohnehin keinem auf

Und überhaupt
Hab meinen Glauben »Marie Kondo« getauft
Denn ich schmeiß alles raus
Was mich kaputt macht und mir seit Jahren
Immer wieder inneren Frieden raubt

Nach Narnia gesucht
Weil die Hoffnung, etwas zu hoffen zu haben
Mich wenigstens heiter macht
Doch find aktuell
Nur düster dystopischen Cyperpunk
Im Land hinter dem Kleiderschrank

Einen Gott, den es gibt, gibt es nicht

Du bist wie ein David-Lynch-Film
Den ich fühl und lieb, doch nicht versteh
Und der sich irgendwie erschließt
Und auf verschiedenen Ebenen
Unterschiedliche Dinge
Bedeutet

Die der Künstler alle zulässt
Vielleicht, weil sie nur resonieren
Wenn mein eigenes Erleben
Die Leerstellen schließt

Und bist du vielleicht
Schlicht die Summe des Seins?
Ein Wort, das ich wähl
Für die Details in dem Scheiß
Den mein kleiner Verstand zurzeit nicht begreift?

Du großes Geheimnis, das im Kleinen daheim ist
Nenn ich dich manchmal
Und es tut mir leid
Ich seh's oft nicht
Doch ich hab nur diese Augen
Bekomm's nicht hin und zugegeben
Würd wieder gern an Wunder glauben

Einen Gott, den es gibt, gibt es nicht

INSOMNIA

**Du hast mich gefragt
Ob mich jemals irgendetwas sprachlos macht
Und was mich wachhält in der Nacht**

Und dann schenkst du nochmal nach
Und meinst, so ein halbvolles Glas
Sei keine Basis
Für den besonders gearteten Anlass des Abends

Wort-Hin-und-Her zwischen
Wetter und Wir
Erinnerungsszenen-Beamer
Auf weißes »Weißt du noch?« projiziert
Im wahrsten Sinne des Wortes
Über Gott und die Welt
Und dass das Braune jetzt blau ist
Und wer zum Teufel das wählt?

Du sagst
Wir lassen sie hassen
Und hoffen betroffen
Durch genug Drüberschlafen
Geht das von selbst wieder weg

Privilegierte Visage
Geredet in Rage
Die den blinden Fleck im toten Winkel
Bei sich selbst nicht recht entdeckt

Und dann hast du gefragt
Ob mich jemals irgendetwas sprachlos macht
Und was mich wachhält in der Nacht

Und ich sag
Vielleicht ist da oben tatsächlich ja nichts
Und so oder so fänd ich's, glaub ich, o. k.
Du meinst, aber der Gedanke sei schön
Und diese Leerstelle über der eigenen Überschrift
Nütze doch auch der Poesie

Haste bei Nick Cave geklaut
Denk ich laut

Und mir fällt wieder ein
Als du einmal beiläufig einwarfst
Du gingst da jetzt nicht ins Detail
Aber der weibliche Orgasmus allein
Sei doch bereits ein Gottesbeweis
Und ich hab wieder vergessen, zu fragen
Wie genau du das meinst

Und dann hast du gefragt
Ob mich jemals irgendetwas sprachlos macht
Und was mich wachhält in der Nacht

Ehrlich gesagt
Nehm wachdösend kaum Notiz
Vom allmählichen Ablösen
Aus den hässlichen Plastikhänden
Eklig klebriger Träume
In der Farbe von Lakritz
Schlag mir die Zähne wund
Beim sturen Beharren auf der Gravur in Granit
Lass es bitte überdauern
Wenn es irgendwie geht
Oder fall ich beim Haiüberspringen
Wie ein Klotz vom Zenit?
So oder so
Wär's irgendwie schön, wenn du mich dabei siehst

Wir sind Mysterienuniversen
Und tun uns so unglaublich schwer
Uns voreinander aufzuklappen
Und glaubhaft zu erklären
Vielleicht, weil wir uns selbst nicht finden können
Wie einander dann erkennen?
Und wieso ist Lust nur drei Buchstaben weit
Von Verlust entfernt?
Wüsst ich gern
Obwohl du meinst, Funfacts soll man nicht erklären

Und dann hast du gefragt
Ob mich jemals irgendetwas sprachlos macht
Und was mich wachhält in der Nacht

Und dann wache ich auf
Mach Kaffee
Und denk:

Heute ist der erste dieser Tage
An denen ich etwas schreibe
Das ich zumindest ansatzweise so geil find
Wie das, was ich geschrieben habe

Dann fällt der Stift aus der Hand
Beim Öffnen von Instagram
Weil das, was du schreibst
Alles meilenweit übersteigt
Was ich grad kann

Ach, wer zuletzt lacht, lacht am besten
Aber er lacht allein
Denk ich
Als ich unsere beiden benutzten Gläser
In die Spüle stellen will
Und wieder nur eins auf dem Tisch stehend finde

Was wollen wir hoffen?
Vielleicht kannst du da sein
Und mir sagen, dass alles gut wird
Auch wenn ich's nicht so recht glauben kann
Tut's manchmal unglaublich gut
Das von dir zu hören

Oder vielleicht kannst du da sein
Ganz ohne was zu sagen
Wer zuletzt lacht, macht das Licht aus
Schweige ich hoffnungsvoll
Weil die Nacht oft vergisst
Was wir hoffen wollen
Bleibt mir weiter wahnsinnig unklar

Ich weiß nur, ich will
Glauben
Dass das mehr als ein guter Versuch war
Fürs Erste bleibt mein Vielleicht
Und verdammt nochmal Halleluja

NACKT

»I have always found great motivating energy in the idea that the thing I live my life yearning for, let's call it God, in all probability does not exist. I feel my songs are conversations with the divine that might, in the end, be simply the babblings of a madman talking to himself. It is this thrilling uncertainty, this absurdity, from which all of my songs flow, and more than that, it is the way I live my life.«

(Nick Cave)

Was wollen wir hoffen?

NACKT

Jetzt ist alles ausgezogen,
so schrecklich offensichtlich.
Vom Lichterkegel aufgesogen
seh ich meist dich und mich nicht.

Alles scheint wie formuliert
in Riesenlettern an den Wänden.
Geheimnis, das geheim verliert,
fällt durchblickt in fremde Hände.

–
Unsagbar
unbequem,
so
vor dir
rumzustehen.
–

Ich möchte deinem Blick entfliehen.
Ich wünsch mir, dass du mich nicht siehst.
Und allein mit mir,
hoff ich verzweifelt,
dass du mich nicht übersiehst.

Aber wenn ich
mir
meiner
meistens
nicht sicher bin,
wie sollt ich es dann
deiner sein?
Einsamkeit
inmitten von Menschenmengen,
die sich wie unbeholfene Tänzer
in meine Nähe drängen.

Ich baue Blockaden.
Du meinst,
das sei schade.
Aber was, wenn ich dir sage,
dass dies keine makabere Maskerade
ist und ich die Blätter nur trage,
weil ich den Blick nicht ertrage
und ich nichts Blickdichteres habe.
Gerissen aus dem düsteren Dickicht
meiner Feigenbaumplantage,
die ich einst für derlei Anlässe angepflanzt habe.

—

Unsagbar
unbequem,
so
vor dir
rumzustehen.

—

Staubgestaltet.
Erdenmensch,
göttlich und gewöhnlich,
der,
weil er sieht, was du nicht siehst,
sich vorm Versteckenspielen fürchtet.
Der Angst hat, dass mich keiner sucht,
und Angst, *wer* mich dann findet.
Furcht davor, allein zu sein,
und Panik, sich zu binden.

Und wie könnte ich jemals jemandes bessere Hälfte sein,
wenn ich bereits allein zerschnitten in Hälften
und schief geschnittene Drittel zu sein schein?

–

Unsagbar
unbequem,
so
vor dir
rumzustehen.

–

Gestreckt,
aufgeblasen
wie durch Lupenglas.

Meine kleine Welt
erscheint dir groß
durch das Mikroskop,
das ich dir zum Sehen anbot.

Und ich dreh dir nur meine helle Seite zu.
Versteck die Nacht
hinter meinem Rücken,

dreh mich um dich
in dem Glauben,
dass du Sonne sein könntest,

obwohl du nur Mondphase warst.
Und das schleudert mich jedes Mal aus dem Orbit
und alle Gezeiten geraten durcheinander.
Ich zeige dir, was ich denke, zu sein:
Unvollständigkeit.

Und wenn mir gefällt,
was du in mir wahrzunehmen glaubst,
zoom ich dich näher ran
und blende die Ränder aus.

Du siehst den Zaun vor lauter Garten nicht.
Und dahinter warte ich,
weil ich mich fürchte,
dass die Kleinheit meines Planeten
und dessen Nachtschattenseite
dich sonst in die Flucht schlagen.

Kein Umweg.
Keine Abkürzung.
Weder Flucht noch Beeilen.
Verletzte Menschen verletzen Menschen,
solange sie nicht heilen.

–
Unsagbar
unbequem,
so
vor dir
rumzustehen.
–

Lass mich den Klang deines Wesens fassen!
Bis Barrieren schrumpfen
und ich Reisende wieder über die Grenzen
meines Landes lasse.

Du wirst sehen.
Ein Wunderwesen
verbirgt sich hinter
ungezählten
krummen Wegen,
die nur die wenigsten beschreiten,
und Umkehren
scheint unter den
Gegebenheiten
fast des Weges Ziel zu sein.

–
Unsagbar
unbequem,
so
vor dir
rumzustehen.
–

Ich schleich verstohlen aus meinem Bunker,
zu der Stellung, die du hältst.
Schieb dir ungesagte Worte unter,
bis du beim Gehen fast drüberfällst.

Und schließlich leg ich meine Hülle
in deine zögerliche Hand.
Masken des Maskierens müde,
verlieren fallend Relevanz.

ARCHITEKTEN

Aus deinem Du
wurde Förmlichkeit
und aus deiner Nähe
wurde Schwere.
Und aus deinem Vertrauen
wurde Lauern.
Und aus der großen Geschichte
wurden Anekdoten
und aus eines Tages
wurde damals
und aus jetzt
wurde gestern,

Und wir standen betrübt
vor den rauchenden Resten
der Kartenhausruine.

Dann sammelte jeder sein Deck zusammen,
um es fortan auf anderen Flächen zu stapeln.

BEAT

In diese Wohnung bin ich neulich eingezogen
oder vor einer Weile,
je nach Tagesform.
Eigentlich ziemlich genau Mitte der Achtziger,
so ein bisschen Hausbesetzer mäßig,
ohne jemanden um Erlaubnis zu fragen
oder einen Mietvertrag aufzusetzen
– und gefragt hat mich auch niemand.
Zugewiesener Sozialwohnraum
und wer jetzt wie zuerst, weiß ich nicht mehr.
Bin eingewachsen
und ausgewachsen
und verlassen habe ich die vier Wände nie mehr.
Nicht immer, weil der Wille gefehlt hat,
und manchmal glaubte ich sogar, es geschafft zu haben.

Wie kommt das Faszinierende zwischen die Fasern?

Wenn die Welt knackst,
wackeln in der Wohnung die Wände ein wenig,
und da sind Nachbarn eingezogen und wieder woandershin
und ich bin immer geblieben,
weil ich Umzüge scheiße finde
und mich vor den Bücherkartons fürchte.

Selbst in Stille läuft da immer der Beat
und variiert sein Tempo selbstständig
zu Tanzmusik bei Freude
oder widerlicher Marschmusik
mit übertriebenen Kriegstrommeln
bei Wut und Fluchtreflex.

haut und fleisch und knochen und wasser, viel wasser,
und blut und sauerstoff und metalle und sternenmaterie
und nichtmetalle und mysterium und kohlenstoff und
universum und wunder und stickstoff und banalität und
natrium.

Wie kommt das Faszinierende zwischen die Fasern?

und wie und woran und an wen und wie lange erinnert
sich haut? schläge und streifen und fingerkuppen und
lippen, besonders lippen, und daunen und leinen und
salzwasser und sonnenbrandstellen und zähne und haare
und härchen und brisen und tinte und kaschierversuche
und redekorierung und angst und ablehnung und angst
und scham und angst und ablösen und abwerfen und
zurücklassen und finden und fühlen und fassen und
letztendlich nicht mehr zu viel sein und fassen, wie viel
da gespeichert ist.

Wie kommt das Faszinierende zwischen die Fasern?

Neben Kathedralen und Prachtbauten
wirkt meine Wohnung gewöhnlich
und wird sich ihrer Mickerigkeit bewusst,
beim Schlendern durch die Villenviertel.

Es wird unausweichlich mit Auszug enden
und mit Abriss oder Neubau oder Nachmietern,
so genau weiß ich das gar nicht.

Das ist der Bau,
der faszinierende Haufen.
Wenn ich aus den Fenstern schaue
und blau sehe
und mich frage,
ob du dasselbe meinst.

PERMAFROST

Fröstelnd hochgefahren
um keine Ahnung grad Uhr
in der Nacht.
War's nicht noch warm, als du schlafen kamst?
Das Kaminfeuer runtergebrannt
im Laufe der Stunden
hast du mich bei Handytaschenlampenlicht
wohl trotzdem gefunden.

Mittlerweile wirken wir manchmal so dämlich deplatziert
wie Riesling in Camping-Kaffeetassen serviert,
während des romantischen Roadtrips.
Und wer sagt, es sei schwach, wenn man aufgibt?

Stehen voreinander mit trommelwirbelnden Klopfherzen
und Eloquenz zerfällt in seltsam gestammelte Wortfetzen.
Vielleicht haben wir weniger Angst vor Monstern,
als davor, zu welchen zu werden.

Was, wenn die Eiszeit nicht ausbleibt
(du redest von Auszeit)
und wir kein bisschen Zeit
und noch nicht mal den Raum teilen?
Nicht mal im Traum zwei,
sondern jeder bleibt sein eigenes Gespenst,
das dann auch keiner austreibt.

Existieren wir vor uns hin
als falsch formatierte Fußnoten eines Textes,
den wir nicht gänzlich kapieren.
Und wenn die Routen zufrieren und der Pass
unpassierbar wird,
auf allen Kommunikationswegen Glatteis
und in uns rein keine Wärme tropft,
frieren wir voreinander ein
und überdauern im Permafrost.

Unendliche Weiten
auf einem blauen Punkt im Mysterium.
Sind wir fast wie blind.
Mir schon klar, dass das drastisch klingt.

Du sagst, wir werden als »wir beide« alt.
Warum ist's dann so scheiße kalt?

Und es wird der Tag kommen, wenn ich dich liebe
und wir uns ganz erkennen.
Und es wird der Tag nach dem Tag sein, der kommen wird,
an dem ich MICH liebe
und Frieden schließe mit den Geschichten,
die ich in meinem Spiegelbildgesicht lese.

Vor lauter Verärgerung wieder vergessen, zu vergeben,
und wie soll das auch gehen,
wenn ich das nicht mal bei mir selbst hinkriege?
Ich hoffe so sehr, ich hab's noch nicht verlernt.
Aber da ist so scheiße viel Eis in meinem Meer.

Ich wünscht, es wär leichter,
je mehr man hofft.
Ich find's furchtbar schwer.
Permafrost.

Ja, whatever
und so weiter und Soli Deo Gloria
und während ich das schreibe,
stirbt Gott vor aller Augen wieder in Moria.
Und was wollen wir hoffen
und zu wem wollen wir beten vorm Schlafen,
wenn wir vom Privileg ganz berauscht
seine Kinder vergaßen?

Sieh, da brechen die Brocken!
Losgelöste des Ganzen
verstreuen sich nach dem Bruch übers Meer
ohne Chance auf Ankern,
vertriebene Schollen,
die gestern noch standen,
bis zur Bekanntschaft
mit der hässlichen Hitze des Hasses.
Komm mit mir zu der Kante,
wo die Ideale baden
und wo Treibeis nicht reinpasst
in die zugefrorene Gleichgültigkeit.

Ich bin müde vom Wütendsein,
tüt zynische Lyrics ein
und mach mich hoffnungslos lächerlich,
weil mein schönes Bemühen nicht reicht.

Auf Rettung aus diesem Meer gehofft.
Exodus Utopie, komm, sing mir Redemption Songs!
Ich wünscht, es wär leichter,
je mehr man hofft.
Wir sind zugefrorene Häfen im Sommer.
Wir sind echt bankrott.
Wir sind synthetisch, nicht echt
– wir sind Permafrost.

NIE WIEDER
Eine deutsche Liebesgeschichte

Wir haben uns getrennt,
mit Gewalt oder deswegen,
von außen
haben alle behauptet,
du wärst nicht gut für mich
und umgekehrt.

Auf Nachfrage im Folgenden brav behauptet,
du seist ein kindischer Fehler gewesen
und dass diese Doofheit sich garantiert nie wiederholt.

Natürlich heimlich weiter verliebt,
als ob das einfach so weggeht,
auf Befehl.
Gewartet
und Gras drüber gesät.
Gewartet
und Kisten mit deinem Kram drin aufgehoben.

Du hast weiter Briefe geschickt,
ab und zu angetrunken angerufen,
vom erneuten Versuch-Wagen geraunt.

Beim unvermeidlichen Date
siehst du ein bisschen anders aus,
aber nicht so sehr, dass ich dich nicht sofort erkenne,
und vielleicht
stimmt auch nur etwas nicht mit meinem Erinnern.
Du riechst noch genauso
und deine Sprache verrät dich sofort.

Und ich kann meine Freude darüber
nur schwer verstecken,
dass du dich offenbar immer noch
so wohl bei mir fühlst.

Du bist nicht weniger verlockend,
ins Vertrauen gezogene Freunde
finden dich zunehmend sympathisch.

Du Gestalt aus dem Gestern,
Heute steht dir nicht schlechter.
Vielleicht steht das Beste
uns überhaupt noch bevor.

Da ist über die Zeit so unglaublich viel kleben geblieben,
mehr Leben als Wiederbeleben.
Es scheint, es wird jeden Tag leichter,
dich wieder zu lieben,
mal sehen.

KERN

Du bist so milchig
undurchsichtig.

Mit dem Gedanken gespielt, dir
ein Fenster übers Herz zu implantieren,
davor zu sitzen wie als Kind
vor dem absurd großen Aquarium der Großmutter,
stundenlang durch die Scheibe starren,
sehen, ob da was ist
und was da ist
und ob ich da drin bin.

Habe dich zerbeißen
wollen
wir wetten,
dass da flüssige Füllung eingeschlossen
im Kern liegt?
Ein Geheimnis,
an das ich nicht herankomme.
Die Hülle ist so hart

und mir fehlt die Geduld, mich dorthin durchzulecken,
dir geht es umgekehrt genauso, vermutlich.

DEIN GESICHT

Umhergeworfen
wie leere Konservendosen
inmitten tosender Meereswogen.
Navigieren nach Sternen.
Oben
ist längst unten geworden
und wieder zurück.
Bis es gelingt, mich aufs Ziel einzunorden.
Will alles sortieren,
suche nach meinen Worten,
doch es fehlen Kategorien.

Das ist kein Wissen,
bloß monoton memorierte Theorie.
Ja, es geht –
aber frag nicht, wie.
Textversatzfetzen,
doch es fehlt noch Melodie.
Irgendwie
unfertig abgebrochen im Prozess,
weil mir das Produkt der durchgemachten Nacht
bei Morgenlicht nicht mehr sonderlich gefiel.

Den Pinsel stieltief getaucht
in die trüben Eimer der Melancholie.
Ja, es geht –
aber frag nicht, wie.

Da ist irgendwo Musik.
Da ist irgendein Frieden,
der manchmal neben mir liegt,
aber zu oft steh ich selbst da
und mir dabei im Weg.

Durchgekritzelte Zeilen
verneinen Glück durch gekritzelte Zeilen
und versuchen, zu meinen,
was ungelenke Worte
nicht zu sagen wagen.
Zumindest nicht in mir bekannten Sprachen.
Und dich zu sehen,
verkleinert sicher nicht gleich das größte Problem.
Aber trotzdem
mit nichts zu vergleichen.
Du bist unsagbar schön.

–

Völlig versunken im Bild einer verbeulten Gegenwart.
Jeden Tag
Regentag,
bis ich kein' Bock mehr zu reden hab.

Klopf an verhärtete Fronten,
camp vor abgeschotteten Lagern,
bis die, die zuhören konnten,
schlussendlich auch nicht mehr da waren.

Verloren das ABER
und das UND erschossen.
Bis Schlechtes für den anderen
alles war,
auf das wir noch wagten, zu hoffen.
Vage gehofft,
dass die Lage wieder Waage bekommt.
Viel zu oft
betrachte ich diese Tage beklommen.

Rausgewagt.
Für Themen die Stimme gegeben,
während ich mich im Takt
mit den anderen winzigen Rädchen dreh.

So schön bequem,
dass meine Zeilen
wie Protest aussehen.
Bis das Gefüge sich verbiegt
und noch Profit macht mit Kritik.

Alles komplex,
so komisch kompliziert.
Dass ich fast sogar versteh,
warum ihr euer Weltbild kariert.
Ist schwarz-weiß nicht einfach,
um so vieles leichter zu kapieren?

Wie komm ich weiter von hier?
Hab Angst, ich werd zynisch
und viel zu frustriert.
Hab mich in der Menschenmenge verirrt.
Bis mein Blick dein Gesicht streift.
Was machst du denn noch hier?

–

Wenn ich könnt', baut' ich dir Straßen,
damit du mir widerfährst.
Danach würd ich mich bei dir verorten,
damit du nie wieder fährst.

Du bist mehr als sehr.

Du bist so köstlich kompliziert.
Und so sehr ich dich studier,
hab ich dich trotzdem nicht kapiert.
Du bist so schlicht ergreifend,
dass selbst die Summe aller Seiten
bei Weitem nicht ausreicht,
sollte sie dein Sein beschreiben.

Du bist der Punkt in der Menge,
den ich immer trotz Gedränge
unter Tausenden erkenne.
Du bist so was wie Trost.
Für mich duftest du nach Frieden.
Und doch sind das nur Worte,
die, am Kern vorbeigeschrieben,
Bedeutung in die Bilder malen.

Im Mosaik liegt Liebe.
Lass es möglicherweise
für eine Weile
nur leise Zuneigung sein.
Einige kleine Worte.

Zu viel
für etwas, das keine Worte verdient,
weil sie doch nur zerredet haben,
was man nicht sagen, nur sehen kann.
Ein-Blick
im Anblick des Augenblicks
taucht mich in Sekundenbruchteilen ein in ein:
»Danke, ich brauche nichts.«
Nur dich!
Dein Gesicht.

FÜR EVA K.

Liebe Eva K.,
Das ist ja wirklich ein komischer Name.
Irgend auch zu viel Buchstaben.
Klingt vielleicht seltsam,
Aber vielleicht ist das ja ein Code Name.
Was ich also vorschlage, ist –
Ich denk einfach mal drüber nach,
Während ich weiter vortrage.

Du fragst mich,
Was das hier ist?
Naja, ein Liebesgedicht.
Denn seit so vielen Jahren liebe ich dich
Und darum wird's höchste Zeit,
Dass ich's dir sag – direkt ins Gesicht:
Ich liebe dich.

Und das ist mir nicht peinlich.
Ich steh dazu, dass ich dich brauche
Und ohne dich etwas fehlt.
Eine Welt ohne dich
Ist für mich keine Welt.
Ist es im Grunde nicht einmal wert,
dass man sie sich vorstellt.

Du bist mein erster Gedanken am Morgen,
Ich will als Allererstes dir begegnen,
Und bevor ich dich getroffen hab,
Mit keinem anderen Menschen reden.
Ich brauche dich – hab ich das schon gesagt?
Mehr als einmal brachtest du mich um den Schlaf.
Du kannst das, aber keine Ahnung, wie du das machst.

Mit dir frühstücke ich am liebsten.
Durch dich bekommen selbst langweiligste Bürostunden
Glitzernde Niveaufunken.
Wie gesagt,
Ich weiß nicht, wie du das machst.
Aber dir fühl ich mich nah.
Ich find's auch genial,
Dass ich dich mittlerweile, wo ich auch hingehe,
Mitnehmen kann.

Du bist »to go«, sozusagen,
Und so reich an Varianten
Und all die ignoranten anderen
Haben dich wohl nicht verstanden.
Vermutlich, weil sie dich nicht kannten –
So wie wir uns kennen.

Du bist Lebenselixier und Lebensqualität,
Und obwohl mancher rät,
Dich seltener zu treffen,
Ist es längst zu spät,
Die Verbindung abzubrechen.

Ja, stimmt, du bist käuflich,
Aber dennoch auch häuslich.
Bist stark, mild und freundlich,
Kommt eben ganz darauf an,
Wer gerade dein Freund ist
(Und worauf man so steht,
Wenn man zu dir geht).
Dein Suchtfaktor teuflisch,
Doch glaub trotzdem ganz sicher,
Dass du himmlisch gezeugt bist.

Denn du – du gibst mir Energie.
Und ich lieb, wie du riechst,
Dein Parfüm ist so fies intensiv,
Besonders dann, wenn du badest,
Dich mit herrlich heißem Wasser begießt,
Das über dich fließt,
Wie die Melancholie in der Melodie
Von diesem Lied, das der Komponist
Für die eine große Liebe schrieb.

Und vielleicht klingt das dreist,
Doch ich find dich echt heiß,
Wenn du so reich an Details
Einfach dastehst und sich dein
Aroma in meiner Wohnung verteilt.

Du bist selten geschmacklos,
Du schreibst Geschmack groß.
Und Genuss ist für dich ein Muss.
Jeder Morgen beginnt erst mit deinem ersten Kuss.

Und da musst du mich auch nicht lange bitten,
Ich mag deinen Geschmack auf meinen Lippen.
Du kannst meine Stimmung kippen
Und zwar im allerbesten Sinne.
Das kriegst du hin.

Manchmal bist du auch traurig,
Sehnst dich nach einem Wandel,
Weil der Großteil der Menschen dich
Meistens halt nicht fair (be-)handelt.

Du bist nicht künstlerisch begabt,
Doch hast es gern, wenn man dich malt.
Du kannst mega kreativ sein,
Vermutlich oft ganz ungeplant.

Du inspirierst mich nicht selten.
Verwurzelt in der Ferne
Kommst du zu mir aus fernen Welten.
Und ich mag deine vollmundigen Aussagen.
Du schätzt mich nicht ab,
Fragst nicht, was ich so draufhabe.
Und du bist beste Medizin
Am Morgen nach den Sauftagen.
Und darum will ich es laut sagen:
Du enttäuschst mich nicht!
Bist es wert, dass ich dir nachgeh.
Meine Lieblingsgesellschaft,
Wenn ich verlassen dasteh.
Ich liebe dich –
Meine Tasse Kaffee.

LASS MA

der nordpol naivität
und mein südpol sarkasmus,
und beide machen mir gleichermaßen angst,
allzu sehr angezogen und eingesogen zu sein.

eine seite utopie,
die andere »ich weiß nie, wie«
und überforderungshügel
und selbstanklage
und zweifel
und vielleicht einmal zu oft »vielleicht« sagen.

optimismus klingt mir oft
wie ein anderes wort
für kitschige träume
und realitätsverlust.

hau auf mein stolz zur schau getragenes grau
und such nach blinden flecken im eigenen farbverlauf
und ner formel zum murmeln,
die für mich funktioniert
in meinem tastenden trott.
nenn es gerne völlig bekloppt,
aber lass doch vielleicht einfach ma so tun, als ob.

lass ma so tun, als würden wir zu träumen wagen.
lass ma so tun, als würden wir die furcht nicht haben.
lass ma bilder malen, in utopischen farben.
lass ma nicht direkt sagen, dass das so nicht geht.

lass ma so tun,
als wären wir nicht oft furchtbar frustriert.
lass ma so tun,
als würden wir glauben, dass es doch anders wird,
und würden ebendiesen nicht ständig verlieren.

lass ma so tun, als wär das ziel erreichbar.
lass ma manchmal so tun, als wär das sogar einfach.
lass ma zugeben, dass uns das maßlos überfordert.
lass ma einander zusagen, das ist dann auch in ordnung.
lass ma so tun, als gings um mehr als gutes gewissen.
lass ma der teil des problems sein, der um lösungen ringt.
lass ma so tun, als würds nicht wehtun,
sich ständig selbst zu hinterfragen.
lass ma so tun, als ob wir wirklich wüssten,
dass wir die antworten nicht haben.

lass ma so tun, als könnten wir uns eingestehen,
dass es leichtfällt, uns als klein zu sehen.
und lass ma tun, als wär es nicht genauso schwierig,
dass die ressourcen vorhanden und die verantwortung
riesig ist.

lass ma zuhören.
lass ma lernen, zu lernen.
lass ma richtige fragen,
die uns selbst bloß-
stellen,
stellen.

lass ma so tun, als wärs nicht nervig,
ständig auf füße zu tappen,
bis alle denken, wir hielten den takt nicht
und könnten nicht tanzen.

lass ma leuchten.
lass ma so lichtsachen machen.
lass ma suchen und graben.
lass ma viel mehr kapieren,
wie sich so ein gesamtbild
aus einzelnen pixeln summiert.

lass ma bitte buchstabieren,
ob wir barmherzigkeit begreifen.
lass ma rädern in speichen
fallen
und gerechtigkeit beschreiben,
ohne mikrofone auf bühnen,
und stifte auf buchseiten.

ja, lass lieder über liebe singen
und wie sie auswirkt und schmeckt.
lass ma heftig hinterfragen,
warum lob nicht beschämt in den hälsen feststeckt,
während besungene liebe vergessen
im mittelmeer vor der festung verreckt.

lass ma dinge lassen.
lass ma dinge nicht mehr lassen.
lass ma lieben.
lass ma lieben lassen.
lass ma so tun, als ob das echt ne option wär.
lass ma sagen, wofür
und nicht nur ständig, wogegen.

lass ma bleiben.
lass ma nicht sofort gehen.
lass ma dauerhaft denken.
lass ma wirklich durchziehen.

lass ma machen, statt posten.
lass ma nicht hier posieren.
lass ma lachen zu tränen.
lass ma nicht fotografieren.

lass ma nicht gleich verzweifeln.
lass ma mehr reparieren.
und lass ernsthaft ma aufstehen.
lass ma laut widerstehen.
lass ma so tun, als würden wir noch nicht resignieren.
lass ma hoffnung verhaften, kurz vor dem verlieren.

lass ma so tun, als ob wir uns vielleicht ein klein wenig sicher wären,
und dann lass uns ma wenigstens die wirklich guten geschichten erzählen.

lass ma.

experiment
für erste:
ich tu mal so, als ob
es funktioniert
bei mir.

DER ANFANG IM ENDE

Manchmal ist das Ende der Anfang.
Eingegraben in Gedanken
lauf ich den einsamen Strand lang.
Manchmal ist das Ende der Anfang,
ein und dasselbe,
das wir bloß anders genannt haben.
Verdammt lang
auf jedwede Wende gewartet.

–

Warum sickert Erkenntnis so langsam?
Manchmal ist das Ende der Anfang.

Manchmal ist das Ende der Anfang.
Manchmal fühlt sich beides auch falsch an.
Manchmal ist es dran,
einfach Scheiße und Schmerz
lautstark als das zu benennen, was sie sind,
und nicht immer nur krampfhaft
das Happy End zu glorifizieren,
denn seien wir ehrlich –
die meisten Enden sind nicht glücklich.

Tun wir doch nicht so,
als täte es nicht fürchterlich weh.
Aber vielleicht buchstabiert Gnade sich manchmal
trotzdem E-N-D-E.

Manchmal ist das Ende der Anfang,
den wir durch Salzwasser getrübte Seelenfenster
erst im Rückblick erkannt haben.
Heimweh nach dem Land
hinter der Schrankwand.
Manchmal ist das Ende der Anfang.

Da liegt Schönheit im Zerbruch.
Und ich hass es, diesen Satz zu sagen.
An Wände gemalt
wie Streetart,
da jeder Lichtstrahl
durch die Bruchstellen und Risse der Gefäße
sein filigranes Schattenspiel Atelier inszeniert.

Sagt sich so leicht, solang man fliegt.

Ich seh den Weg vor lauter Straße nicht.
Aber liegt dem Anfang nicht der Zauber des seligen
Noch-nicht-Wissens inne?
Manchmal ist das Ende der Anfang
und rückwärts die richtige Richtung.
Vielleicht fängt die Geschichte erst da an,
wo ich bereits den Abspann vermute.
Kein Plan.
Manchmal ist das Ende der Anfang.

Manchmal ist das Ende
der Anfang.

Was Marco Michalzik sonst noch gemacht hat ...

#poetrymeetsbeats

Gemeinsam mit dem Marburger Musiker und Produzenten Manuel Steinhoff hat Marco Michalzik das Projekt #poetrymeetsbeats entwickelt – eine Symbiose aus Spoken Word und live gespielten Beats. Im Zentrum der Musik stehen die analogen Synthesizer und Drummachines der Korg-Volca-Reihe. Kombiniert mit den sphärischen Post-Rock-Gitarren von Theo Sperlea bieten sie das perfekte Klangbett für die gesprochenen Texte.

»IKARUS«, Album (2018)
GTIN/EAN: 4050215425842

»INSOMNIA«, EP (2020)
GTIN/EAN: 4050215956827

Zu hören, streamen und downloaden auf allen digitalen Plattformen. Mehr Infos:

www.marcomichalzik.com
www.poetrymeetsbeats.de

Bei Lektora erschienen

Patrick Salmen
Und draußen die Welt

»Und draußen die Welt« ist das Best-of von Patrick Salmens Kurzgeschichten und Fragmenten, die im Zeitraum von 2008–2013 entstanden sind. Die meisten davon sind in älterer Form bereits in seinen Textsammlungen »Distanzen«, »Tabakblätter und Fallschirmspringer« und »Das bisschen Schönheit werden wir nicht mehr los« erschienen – in diesem Band hat Salmen seine schönsten Texte und Fragmente überarbeitet, neu zusammengefügt und zwischendrin ein paar unveröffentlichte Worte versteckt.

Es sind die gesammelten Anfänge eines Autors, der keine Angst davor hatte, die Dinge zu überzeichnen.

»Alltagsszenen in fantasievollen sprachlichen Bildern (...). Eine gewisse Leichtigkeit spielt in die über 60 kleinen Erzählungen in ›Und draußen die Welt‹ hinein. Die Beschreibungen sind detailliert und lassen die vom Erzähler beobachteten Szenen vor den Augen des Lesers entstehen. Es sind Alltagssituationen, die Salmens Aufmerksamkeit auf sich zogen – zum Teil mit fantasievollen sprachlichen Bildern aufgegriffen. Es finden sich Herren, die Hüte tragen müssen, um fliegen zu können. Erinnerungen, Gespräche, Gerüche, Dinge im Alltag werden zu Geschichten komprimiert.« (Westdeutsche Zeitung)

ISBN 978-3-95461-166-9
14,80 Euro

www.lektora.de

Bei Lektora erschienen

Henrik Szanto

Es hat 18 Buchstaben und neun davon sind Ypsilons

Henrik Szanto lebt im Spannungsfeld der Vielfalt und Mehrsprachigkeit. Zwölf Texte zu Finnland, zu Ungarn – zwischen Lyrik und Prosa, Humor und Sehnsucht. Ob am finischen Seeufer, umgeben von Redewendungen, im Lateinunterricht, beim Abendessen mit dem Vater oder Brustschwimmen, ob in den Mauern eines alten Hauses in Budapest oder inmitten des Torjubels – hier leben Sprache und die Freude daran.

»Seine Worte machen schmunzeln, nachdenken, weinen und lachen. Und irgendwie wohlig um Herz.«

(Agnes Maier)

»Ein Buch, das ent- und verführt, in fremde Welten und Vergangenheiten, ins Futur II und zu uns selbst. Lest, ihr Menschen! Auf dass es euch an der Hand nimmt und ihr morgen weniger wenig wisst als heute.«

(Lisa Christ)

ISBN 978-3-95461-126-3
13,90 Euro

www.lektora.de